KB140380

정귀훈 여사의 꼬막에 대해 말하자면

이생용 시집

시인동네 시인선 146

이생용 시집

정귀훈 여사의 꼬막에 대해 말하자면

시인동네

마라토너로 살다가
어느 날 시가 내게로 왔다.

죽음을 불사할 만큼
시에 전력을 다한다면

나는 시인의 길을
끝까지 완주할 수 있을 것이다.

2021년 2월
이생용

차례

시인의 말

제1부

제2부

제3부

제4부

제1부

부식(腐蝕)

어제 제작하여 둔 철제 드럼통에 비가 앉았다. 순간이었다.
불꽃이 튀기도록 서로를 녹여 한 몸으로 용접한 뒤에 돋아난
살점, 빗물이 지나간 흔적을 공기의 색깔이라 생각했다. 은색
의 바탕 위에 시간이 묻혀주고 간 색깔은 갈색이다. 드럼통도
허공중에 들숨 날숨을 쉬고 있었구나. 어머니가 닦던 놋그릇
도, 누님이 닦던 은수저도 한통속이었구나. 아마 전생에 화공
이었을까, 은색의 영혼에 제멋대로 풍경화를, 공기가 지나간
자리는 산화(酸化)되어 새것이 없다. 오래도록 변치 않을 은색
의 영혼을 지키기 위해 부식방지법을 써야겠다. 수분을 닦아
내고 기름때를 제거하고 구석구석 먼지를 털어낸 공기의 집을
허물어 도금을 하였다. 페인트로 덧칠을 하여 맑은 햇살 아래
내려놓았다.

오래도록 변치 않을 은색의 영혼

렙토세팔루스(icptocepalus)

여자도(汝自島) 방가네 큰아들이 장가를 갔어
섬마을에서 어디 장가가기가 쉽다던가
나이 오십 줄에 필리핀 신부 글로리아라는 스무 살 앳된 아
가씨와 결혼하여 다문화 가정을 꾸렸으나
소통인들 제대로 이루어졌겠는가
하루는 눈물로 지새우는 신부를 위하여
온 가족이 횃불을 켜 들고 갯가에 고기잡이를 나갔는디
아, 글씨
신부의 입에서 파~아더 렙토세팔루스,
렙토세~팔, 이라고 소리치는 것이여 저걸 어째,
얼굴이 홍당무처럼 붉어진 시아버지가 아들에게 역정을 내
었다는 것이야
너는 어찌 각시에게 한글은 고사하고 욕부터 가르쳤냐
이놈아, 넵도 씨팔이라니, 시아버지에게 할 소리냐
한바탕 야단을 치는데도
글로리아는 자꾸만 오, 렙토세팔을 외치는 것이 아닌가
그녀가 그리도 반겨 부르던 렙토세팔루스는
댓잎뱀장어였다는 사실,

그날 이후

글로리아는 고향을 떠나온 처지가 자신만이 아니라는 것에

웃음과 용기를 되찾았다는 소문

그리고 마파람이 심하게 부는 이월에 첫 아들을 순산했다는

말과

누군가에겐 자신의 고향 말이기도 했던 넵도 씨팔은

여자도(汝自島) 마파 마을의 우스갯소리 같은

전설이 되었다는

전언(傳言)

아나고 먹는 밤

봉산동 장어골목에 가서
아나고 먹다 보면 밤이 깊어집니다
머리부터 꼬리까지 버릴 것이 없는
장어처럼 길고 긴 밤입니다
소주까지 합쳐 회 한 접시에 오만 원에 해결되는
주머니가 가벼워도 좋은 밤입니다
하물며 뼈까지 튀겨주는 장어집 할머니의 친절에
입꼬리가 귀까지 늘어난 긴 밤입니다
아나고를 먹는 밤이면
사랑을 확인하지 않고는 절대 못 배기는
장어가죽 같은 질긴 밤입니다
그녀, 술은 안 마시고 아나고만 먹는
재미없는 밤이기도 합니다
깜깜한 바다 속으로 들어가 한껏 울고 싶은 밤입니다
서로 얼마만큼 사랑하느냐 눈짓으로 통할 때
잘까?
짧게 찔러보는 밤입니다
벌써!

딱!

그 밤입니다

정귀훈 여사의 꼬막에 대해 말하자면

막걸리 한 사발이면 환하게 웃음 짓는
정귀훈 여사는
여자만(汝自灣)* 달천 마을에 시집와 징글맞은 말년꺼정 살
고 있는데요
갯가에 산다는 것이
남자는 세월 타박이나 하는 정승이요,
여자는 황토에 묻히기 전까지는 뻘밭에 뒹구는 것이라나
허리가 휘고 관절에서 쇠구슬이 굴러가는 소리가 나도록
뻘배를 밀었던 거지요
갯가에 집채만 한 화톳불을 피웠다는 것이나
지독하게 무덥던 여름날은 뻘밭마저 쩍쩍 갈라질 정도였다
는 것이
말하자면 그녀 가슴의 풍경이었겠지요
아 글씨, 어느 날
신풍 애양병원에 누웠는데요
인공관절로 시술하면 뻘배는 영 이별이라 하시면서
삶아낸 참꼬막 같은 뜨거운 눈물을 보이더라구요
영을 트는 날이면

절룩거리는 다리를 끌고 갯가를 서성이는 속마음을 누가 알
리오마는
막걸리에 곁들여 꼬막 안주를 시키다 보면
꼬막이 제 몸을 익혀서
헤헤, 벌어져 있기도 하고
정 여사의 달빛 같은 하소연을 말하기도 하지요

＊여수와 고흥 사이 灣의 이름.

눈물의 기척

경고문을 무시한 채 저수지의 얼음 위에 올라선다 가사리 들녘을 들쑤시던 송곳바람이 왜가리의 뺨을 후려치고 있다 여기저기 팽이를 치던 바람의 꼬리가 제 안의 길을 내고 있다 휘돌다가 퍼지고 저만치 미끄러지고, 흡사 내가 걸어왔던 길이다 위태로운 생각을 달래며 몇 걸음 걸어가자 쩍 쩍 비명을 지른다 놀라 자지러지는 왜가리 발자국들만 점점 희미해진다 깨어진 틈 사이로 울컥거리며 올라오는 차가운 눈물의 기척, 겨울 저수지 건너 아파트 불빛들만 환하다

상처

　바지랑대 끝에 어둠이 내리면 할머니는 저녁 모깃불을 피우
셨다. 젖은 쑥대, 건초더미 위로 매운 연기가 피어났다. 멍석에
누워 하늘을 쳐다보며 북두칠성, 전갈자리, 별자리 몇 개 중얼
거리면, 느그 할미 별은 어딨다냐, 손에 든 부채로 가슴의 화
병을 쓸어내렸다. 바람은 어딘지 습하고 무거웠다. 산비탈 내
려오는 소쩍새 울음소리가 들릴 때도 있었다. 썩을 놈들, 오살
할 놈들, 호랭이나 물어갈 놈들을 호명하던 여름이 끝나면 팽
팽함이 사라진 부채에는 날벌레들의 잔해가 남았다. 여순사건
소용돌이에 빠져 죽은 큰아버지의 발굴되지 않은 갈비뼈 형상,
할머니는 오래도록 부채를 버리지 않으셨다.

여자만

그 여자 속살을 훔쳐보았네
헐떡이는 숨결 소리에 놀란 집게 몇 마리
게걸음 치는 동안 곁눈질로 살펴보았네
지리산 넘어온 서늘한 바람에도
고흥반도 지나온 유채꽃 향기에도
소리 없이 옷깃만 만지작거리던
머릿결도 미끈한 앳된 그 여자
밀물 썰물에 은근슬쩍 허벅지를 보였는지
추근거림 자꾸만 이어지더니
나중에는 그 여자의 가슴을, 입술을, 정조마저 내어놓으라고
곳곳에서 눈독을 들인다
어느 날은 이 도시의 시장이 올라타고
기다렸다는 듯이 어절씨구 투기꾼이 올라타고
마침내 땀내 시큼한 건설업자까지 올라타서
이래저래 돌림방이 되어버린 그 여자
이놈도 지나고 저놈도 지나면서
똥걸레 같은 작부가 되어버린 그 여자
놀다 간 놈들이 버린 쓰레기만 쌓여가는 여자

이젠 눈만 뜨면 씨팔 조팔 입심마저 더러워진

옛날에, 그 옛날에

순하고도 이뻤던 여자만(汝自灣) 그 여자

전어

전어의 머리는 먹지 않는다

한 여자가 있었네
성질머리가 그물에 걸려
나오자마자 뒤집어지는 전어 같은 여자
살점을 발라낸 전어의 가시처럼 깡마른 여자
웃음이 헤프다고,
아무 여자에게나 눈길을 돌린다고,
뼛속까지 찌르는 가시 돋친 말만 쏟아내던
한 여자를 떠올리며
전어를 먹는다
가을 바다에서 막 건져 올린 은빛 찬란한 전어는
방방 뛰다 뒤집어지는 성질머리 못된 스무 살 그 여자다
푸른 동맥을 잘라내고 듬성듬성 썰어낸 불그스레한 속살과
노릇노릇 구워낸 전어 한 접시 안주 삼아
술 한 잔에 바다를 담고
술 한 잔에 그 여자를 담아
가을밤 늦도록 바다를 채우고 비워내지만

내 접시 위에는

눈망울 초롱한 슬픈 전어의 머리만 남아 있다

푸른 동맥을

자르고 간

새조개 날다

한때는

여수 돌산도와 남해도 중간쯤에

황금어장이 있었다는데

여수와 남해 사람들 바다의 경계를 두고 피 터지게 싸운

그 전말이 중앙지에 대문짝만 하게 실렸것다

"새조개 날아가다"

조개가 날아가다니 가당키나 한 소리당가

분명 내 어장에 종패를 뿌렸는디 내 어장에는 새조개가 안

잡히고

남해 쪽 어장에선 배가 넘치도록 새조개가 쌓여 가는데

그 조개가 보통 조개란가

맛은 쫀득쫀득 겨울철 여수 최고의 별미요,

값으로 치면 황금알이지

하룻밤 만선 한 척이면 건물 하나씩 지어지고 남았으니

화가 날 만하지 그리하여

주먹패들 풀어 선상(船上) 위에서 무지무지한 활극이 벌어진

그날 밤

새조개도 날아가고 주먹도 날아가

모두 새가 되었다는 전언(傳言)

지금도 한겨울 그 바다에 나가면

힘센 놈과 돈 있는 놈만 먹었다는 새조개 날아올라

여수 밤바다를 뜨겁게 달군다지

숭어

친구야
숭어 속살이 왜 붉은지 아는가
붉은 동백이 바다에 뚝뚝 떨어져
바다가 온통 붉어지고
그 핏빛 뻘을 먹어
속살이 붉은 게지
삼월에 먹는 숭어회
한 점 한 점
동백꽃보다 붉어지는
가슴속에
숭어가 뛴다

도다리

쑥 향기를 제일 먼저 알아채는 건
늘 저승 문턱에 앉았다고 말하는
가사리 김 영감의 입맛
밭 가장자리 쑥 무리가
봄이요, 봄, 하며 목소리 높이자
화들짝 고개 드는 오랑캐꽃까지 봄소식 분분한데
지난봄 도다리쑥국의 달달함이
입속에 아른거린다
너무 오래 살았다고
그렁그렁 게거품 입가에 내뱉더니
닫은 입 열어주는가
김 영감 낚싯대가 은근슬쩍
살맛을 낚아 올린다
도다리여

짱뚱어

갯벌 위에 내민 맨발 물컹하다
어머니 자궁 속
첫 유영의 발가락질에서 느꼈을 매끄럽고
따뜻한 촉감처럼
어딘지 생소하지 않은 느낌이다
무릎까지 쑥 빠져들어서야
양수 속이 얼마나 따뜻하고 안전한 가옥인지
비로소 알게 된다
눈앞에서 뛰는 짱뚱어들
딱눈부리 머리 꼴이 우스꽝스러워 보여도
지느러미를 곧게 세워 뛰는 모습이
기상 넘치는 장수처럼 멋져 보인다
두 손 두 발로
걸쭉한 갯벌 속을 힘들게 헤집고 다녀도
손에 잡히지 않는 짱뚱어들,
일 배(拜)에 다섯 걸음을
다섯 걸음에 일 배를 바친 오체투지로
라싸*로 가는 수도승같이

그 속을 한없이 나아가고 있다

갯벌을 나와 온몸에 덧칠한 뻘을 털며

딱눈부리

짱뚱어가 되어보는 날이다

<hr />

*라싸(Lhassa): 히말라야 산맥의 3,650m 고지에 자리한 티베트 수도.

봉숭아꽃

여자만(汝自灣)에 이르는 길은
화사(花蛇) 한 마리 누워 있는 들길
상큼한 들풀 사이로 핀
여뀌꽃, 며느리밑씻개꽃, 달개비꽃들
숨 멎는 환희를 깨우며 간다
여름 내내 들꽃이나
갯벌에 뛰는 짱뚱어에 눈이 팔려
지나쳐버린 봉숭아꽃을 본다
한때
만(灣)의 뿌리, 조개를 캐고
소금 절인 손으로 모깃불 피웠을 빈 집터에 핀 몇 그루 봉
숭아꽃
할머니 손등처럼 갈라진 틈을 비집고
개쑥이나,
개망초 무리 속에서
나비 발로
토닥토닥 굿거리장단을 두들기며
열어젖히는

봉숭아꽃

만(灣)을 붉게 물들인다

화사(花蛇)

하얀 벼꽃 너머 붉은 노을이 꽃피고 있었지. 구불구불한 들길은 몇 마리의 화사(花蛇), 핏빛 물들이며 관기 들녘을 기어가고 있었지.

청보리 올라오는 이른 사월, 막 허물 벗은 화사 한 마리와 대면했었지. 뱀도 놀라고, 나도 놀라고, 뱀도 달아나고 나도 달아나고, 그러다 뒤돌아서 밭두렁 돌멩이 집어 들고 무참하게 후려 팼지. 황토에 스며드는 검붉은 피를 보며 전사처럼 우쭐거렸지. 발그레한 얼굴로 뱀 무덤을 만들었지. 여름이 되기 전 드러난 하얀 뱀 뼈에 또 한 번 놀랐지. 뱀 뼈에 발이 찔리면 그대로 썩어문드러진다 하였지. 어미 뱀이 아직도 밤마다 헛바닥을 날름거리며 돌무덤을 빙빙 돈다 했지. 가슴 졸이며 하얀 뱀 뼈 풀섶으로 옮겨 안장했지. 내 손등에 붉은 꽃들이 피고 있었지.

하얀 벼꽃 너머 붉은 노을이 꽃피고 있었지.
내 손등에 몇 마리의 화사(花蛇)가 살기 시작했지.

제2부

연민

초등학교 2학년인 민지는 학교가 끝나면 가끔 마을 앞 왜성(倭城)에서 놀다 가곤 한다. 핏빛보다 더 선하게 참꽃이 피어 있는 돌무덤이나 파릇하니 물들이는 비탈진 언덕 밭이랑이 민지의 놀이터다. 언제부턴가 아빠는 퇴근을 하지 않는다. 왜성(倭城) 앞 큰길 건너 현대하이스코 하청 근로자의 농성 천막을 민지는 멍하니 쳐다본다. 붉은 머리띠를 두르고 수염도 깎지 못한 모습으로 하루에도 수천 번 목이 터져라 외치는 아빠를 오늘은 볼 수 있을까. 꼰지발을 세우지만 아빠, 아빠, 길 건너가지 못한 민지의 볼멘 울음만 허공에 맴을 돈다.

내일 아침 신문에는
개나리보다 더 환한 민지의 웃음이 조판될 수 있을까.

유리병 속 편지

나는 병 속에 살고 있다
오래전 이 속에 들어와서 밖으로 나가본 기억이 없다
긴 유배의 시간을 살고 있지만
아직 관절이 고장 나지는 않았다
혹, 마개를 닫아버리거나 모가지를 묶는다 해도
날개를 퍼덕이며 벽을 두드리지 않을 것이다
주위에는 늘 푸른 물이 출렁이고
폭풍처럼 일어나는 물보라에 흔들거리지만
언제나 제자리를 지키고 있다
삶은 구도(求道)의 일상처럼 외길이다
새벽 붉은 태양을 보며 하루를 시작하는 날이면
팔짱을 끼고 먼 곳을 바라보기도 한다
붉은 동백꽃처럼 꽃의 마음으로
세계를 향해 환한 불빛을 그려보기도 한다
먼 아라비아에서 실려 온 석유를 빚어
꿈의 불꽃을 장만할 때
나는 이곳에서 불꽃을 일게 하리라
안은 밖에서 보는 것보다 더 찬란하다

세기를 향한 불꽃처럼

환한 얼굴로 당신에게 전화를 걸어보는

날들도 있을 것이다

주머니 속 저글링

시선을 내려놓고 머뭇거리는 사이,
오래된 노랫가락이 흘러나온다
잠시 소요를 일으키던 눈동자들
그러나 이내 제자리로 돌아가
차창 밖 어둠 속으로 눈길을 피해버린다
적막해진다
플라스틱 바구니에 오래된 녹음기를 담아
뻘배를 밀듯이 다가온다
헝겊에 싸매진 노인의 손등을 보며
주머니 속 동전에 손이 간다
다가오는 시선을 외면할까 싶었는데,
나도 모르게 바구니에 던져 넣어주었다
몇 안 되는 동전과 지폐가
서로의 몸을 잔뜩 기대고 있다
어느 허름한 골목길을 걷다가도
오래된 노랫가락이 흘러나오면
내 주머니 속 동전들이
밖으로 뛰쳐나오려고 아우성을 친다

화아분화(花芽分化)
— 소설가 이윤기 선생을 생각하며

일부러 물을 주지 않았다.

지독하게 무더운 지난여름, 십여 일 아파트 베란다에 매달아 두고서 최악의 환경으로 몰고 갔다. 몇 년 전 일주일간의 단식 뒤에 현기증으로 쓰러졌을 때 급하게 찾아 마셨던 물 한 대접은 말 그대로 생명수가 아니었던가. 이글거리는 여름 햇살 아래 잎은 타고 뿌리까지 말라가는 절망, 죽음 앞에서 춘란(春蘭)은 꽃대를 올리는 화아분화(花芽分化)*를 시작했다. 보란 듯이 노란 꽃을 피워주었다.

평생을 잎으로만 살았다던, 한 번도 꽃으로 피어보지 못했다는 한 소설가를 추억한다. 신춘문예도 당선이 아니라 가작으로, 대학도 졸업이 아니라 중퇴를, 교수가 아닌 객원교수를, 박사가 아닌 명예박사로 그렇게 잎으로만 살았다는 그는, 자신의 소설로 끝내 꽃을 피웠다. 노란 꽃을 피웠다. 책갈피를 넘길 때마다 지지 않는 그윽한 향기를 피워주는 난꽃으로 피어 있었다.

---

*화아분화(花芽分化): 인위적으로 난꽃을 피우기 위해 강한 햇볕에 2주 정도 물을 주지 않으면 위기를 느낀 난이 스스로 꽃대를 올린다.

청개구리

장마가 너무 길다
구두 안까지 눅눅한 아침이다
발가락에 전해지는 촉감에서 꿈도 물러터질 것 같은 출근길
차량의 행렬이 점점 더 느려진다
유리창을 내리고 고개를 내밀어 무엇인가 보고 있다
청개구리다!
자가용 승용차 번호판에 꼭 붙어 있다
실핏줄 같은 발가락에 힘을 주면서
떨어지지 않으려는 저 밀착
하나 둘 고개를 내밀어 신기해하는 이유는 무엇일까
청개구리의 우화를 떠올리는 건 아닐까
심란한 장마에 아이들을 위한
몇 마디 간섭만으로 기분이 흐려진 자신들을
떠올려보는 것은 아닐까
어쩌면, 떠나온 곳으로 다시는 되돌아갈 수 없는
청개구리를 보면서
어머니의 속을 무던히도 뒤집어놓곤 하였던
유년의 나를 되짚어보는 아침이다

차창에는 벌써 빗방울이 들이치기 시작한다

와이퍼를 돌려야겠다

장마는 지나갈 것이고

속을 썩이는 아이들도 무럭무럭 잘 자랄 것이다

동백 아가씨

동백이 핀다
동백이 진다, 어머니의 노래가 지고 있다
동백 아가씨 손 꼭 잡아 흔들며
돌산공원 산책길에서 부르던 노래 이제 들을 수 없다
여자만이 내려다보이는 요양병원
아들을 오빠라 부르는 동백 아가씨
어디 갔다 이제 왔냐며 오빠 따라 갈 거라고 떼쓰는
동백 아가씨 울 엄마
어머니 그리도 좋아하는 동백꽃 피는데
노래 좋아하던 그 마음 어디쯤 가버렸을까
거문도, 금호열도, 돌산도 지나 오동도 붉어질 때면
젊은 어머니, 꽃 되었을 터인데
동백 아가씨 되었을 터인데
꽃 붉어진 가슴 스스로 가둔 사람,
뿌리 뻗어 깊은 밤

나는 휘어진 젊음의 단물을 빨아 먹고 자랐다
엄마, 노래 한번 해볼까 그 노래

부족하고 부족한 놈이라 이제야 꽃 지는 세월 눈치챘는데

여자만 봄 바다엔 동백꽃 뭉텅뭉텅 떨어지고

오빠 어디 가, 오빠 가지 마

망각에 묶인 노래는 서둘러 늙은 동백을 칭칭 감아 울린다

냉이꽃

봄에는 눈 한번 크게 떠볼 일이다
비탈길 내려온 따순 햇살에
묵정밭 가는 길 온통 냉이 꽃밭이다
꽃보다 작은 백발의 할머니
비탈길 오르며
그리울 것도 없고 서러울 것도 없다며
지천으로 널린 냉이꽃 뽑아 던져
화풀이를 한다
어느 해,
살아 돌아오지 못한 영감이 떠올랐던 바다에
버선발로 뛰어들다 앉은뱅이가 되었다는
백발의 할머니
묵정밭 가는 길
굴곡진 삶이 냉이꽃으로 피어 이쁘다

화양(華陽)

사월이면

화양(華陽)반도는 붉은 악마의 물결처럼

참꽃이 핀다

용주리 지나 백야도 가다 보면

청보리밭 여기저기

소쩍새 피 토하듯 피는 참꽃들이

풍장의 돌무덤을 덮고 있다

저 들녘 산자락에 무수히 쓰러진 원혼들

나진리 할아버지가

이목리 할머니가

장수리 어느 여인네가

남몰래 돌 자갈로 감춘 그해 겨울

묻었던 얼굴,

묻었던 말들이

사월 화양(華陽)반도에

그날의 함성 되어 피어나고 있다

---

*1948년 여순사건 이듬해 돌아가신 스무 살 큰아버지, 할머니는 죽는 날까지도 그 악몽에서 잠 못 이루었다.

촌놈

운주사 와불(臥佛)을 만났지요

여름이야 그만그만 살 만했겠지만

겨울날엔 어떻게 사는지 하도 궁금하여 한걸음에 갔었지요

칠성바위 지나고

바위 아래 여기저기 흩어져 있는 부처 얼굴이

아랫마을 농사꾼 최 씨 얼굴보다 곰보지고 촌스러워

하마터면 건방지게 너털웃음을 쏟을 뻔했지요

하기사, 번들번들 돼지기름 자르르 흐르는 얼굴이었다면

밤마다 계집질에 탐욕이나 부릴 줄 알고

욕이나 하고 돌아섰겠지요

힘들게 산을 오르는 동안

우스꽝스럽고 촌스런 부처를 만든 석공(石工)이

아랫마을 사람이라 생각하니 또 얼마나 신나던지요

촌놈은 촌놈을 알아본다고

와불(臥佛)이 지금처럼 누워 있지 않고

좌불(座佛)이나 반듯하게 세워놓았다고 생각하면 끔찍하구
만요

　봉놋방 아랫목에 누이고, 천불천탑(千佛千塔)을 꿈꾸었을

가장 촌놈의 생각이 가장 토속적이고 인자한

부처님을 만드셨다구요

인정하시지요

와불(臥佛)님!

핑계

오래된 배롱나무 한 그루 참 잘도 늙으셨네요

그런데, 요즘 잠이 잘 오지 않으신다고요

목백일홍이라는 말 무색하게 정신없이 꽃을 피우신다고요

날씨 탓, 시국 탓, 세월 탓이라고요

백 일 동안만 피워야 할 꽃을 백오십이나 이백 일 동안 피운다면

저 나무를 과연 무어라 불러야 할까요

나무에겐 또 어떻게 둘러대야 할까요

나팔꽃

지난겨울 재개발 아파트 단지 천막 안에서 농성하던
사람들의 목소리가 이젠 들리지 않는다
비가 새거나 눈발이 들이칠 것 같던 낡은 천막이 서 있던 주
위에
이름 모를 풀들이 우거져 자리를 대신하였다
땡볕에 목대를 치켜세우고 지나가는 바람에 흔들거린다
고성이 오갔던 자리,
밤낮으로 웅성거리던 사람들의 모의가
앙상하게 남겨진 아파트의 모퉁이를 더운 바람에 섞여 흘러
가는 동안
입술을 하늘 쪽으로 밀어 올린 모습으로
나팔꽃들이 피어나고 있다
"아아, 주민 여러분······"
확성기 소리만 아침을 깨운다

사각의 링
― 가두리 양식장

금호열도* 그 중심의 섬 화태도(禾太島)에 오른다

가두리 양식업이 여수에서는 처음이라는 섬

폐그물 뭉텅이가 시합을 막 끝내고 버려진 글러브처럼 여기
저기 쌓여 있다

광어나 참돔 여러 종류의 고기들이

정글보다 더 위험한 사각의 그물에서

살기 위해 처절하게 몸부림치고 있다

오래전, 아버지는 사각의 그물을 지어

화태도 푸른 바다 위에 처음으로 가두리 양식장을 지었다

멀리서 보면 가두리는 사각의 링 같다

바다가 고기들의 싸움터라면

아버지는 인파이터

그런 아버지의 주위를 서성였던 나는 아웃복서

가두리를 스치고 지나는 바람에 아버지의 목소리가 살아
들리는 듯하다

어퍼컷, 파이팅, 스트레이트 파이팅 파이팅 인파이팅 하라
고

세상을 향하는 외침,

섬 어디선가 보고 있을 아버지를 생각하며
나는 팔딱거리는 한 마리 고기가 되어
그 푸른 바다에 풍덩 뛰어들어 본다

＊금호열도: 여수 앞 남해바다에 뿌려져 있는 보석 같은 섬들이 모두 금호열도이다.
화태도, 소횡간도, 금오도 ,안도, 연도, 대부도, 소부도, 월호도 등이 있다.

슬픔의 낙관

화양반도 일주 마라톤 레이스를 하다가
깨어진 아스팔트 틈새로 내민
키 작은 구절초 꽃을 보면서
낙타를 타고 사하라에 가서 구절초를 볼까나 하시던 형은,
구절초를 유난히 좋아하던 형은,
그해 가을날,
사하라 마라톤에 가보지도 못하고
체력단련 중 뇌출혈로
구절초 꽃잎 흩날리며 핏기 없는 얼굴로 떠나셨다

나 혼자 사하라로 가는 게 싫어
낙타 대신 배낭을 메고 이 섬, 저 섬을 헤매는데
봄 햇살 튕겨내는 은빛 바다 위에
슬픔의 무게로 발자국 선명한 꽃섬

붉게 멍든 가슴을 송두리째 내던진 동백은 말이 없고
누구의 슬픔을 앓다 갔는지 앞다퉈 피다 진 꽃들은
마른 꽃잎만 바람에 날리고 있다

슬픔은 오래 흔들릴 뿐 바람 따라 가지 않고
꽃잎 문양 낙관처럼 선명하다

저 슬픔의 낙관을 조각내어
순넘밭넘* 구절초 꽃밭에 묻고
선명하게 찍힌 발자국 하나씩 지우며 돌아갈 수 있다면
슬픔을 꽃으로 피우는 섬에서
나는 낙타를 타고 사하라로 갈 수 있겠다

———————
*여수 화정면 하화도(꽃섬) 구절초 꽃밭 이름.

무위(無爲)

덕양역 지나 여수로 가는 폐선로가 엿장수 마음대로 철거되고 있다. 기차가 아무리 빨라도 세월만큼은 아니라시던 어머니는 가까운 기억부터 하나둘 잃어가고 있다. 빠른 기차가 지워지고, 맛있는 바나나, 원숭이 엉덩이 같은 빨간 사과마저 지워진다. 기억은 들녘 말뚝에 묶인 소나 염소가 아니다. 밤새 뒤척이다가 무위사(無爲寺)로 가는 아침이 무겁다. 차창 밖 남도의 가을이 한 폭의 화첩이다. 월출산 자락 푸른 동백의 입속에 앉은 무위사는 텅 비어 있다. 넘친 것이 아니라면 채우기 위함이다. 눈동자가 없는 관음보살, 천불(千佛)의 부처가 보여주는 미소들, 이파리 다 떨군 늙은 감나무의 허허로움이다. 파랑새 한 마리 날아간 허공으로 어머니 훌훌 날아가신다.

제3부

가을배추

수런수런 입들이
점점 줄어드는 가을 배추밭
비 내리고 있네
아직 다물지 못한 잎들을 씻어주고 있네
부드러운 속살까지 스며들어
상처 난 자국을 어루만지다 말고
눈물로 꽃피우고 있네
지푸라기에 묶여
속이 단단해지는 배추들
부도전(浮屠殿) 석종을 닮았네
속에서 곰삭은 울음이
붉게 발효되어
누군가의 입속에 퍼질 것이네

빗살무늬의 기억

빗금으로 남은 사선의 무늬에게
가문비 나뭇잎이라 부르기엔 행간이 넓다

흡사, 생선가시의 형체로
유리상자 안에서 푸른 바다를 추억하며 누워 있던
저 달항아리 닮은 유선의 입구를
여자만(汝自灣)이라 부른다
안쪽을 따라 내려가자
층층이 쌓여 있는 물결의 흔적이 눈을 뜨고 있다
똬리를 튼 섬들 사이로
팔딱팔딱 무리 지어 뛰는 것 하며,
급하게 부딪쳐 오는 전어 떼의 유영
어부들이 그물코 가득 고기를 잡는다

불에 구워진 전어를
앙상한 뼈대만 남겨놓았을 때
그 속으로 바다를 채웠다 비우는 사이,
나는 행간과 행간 사이

추억의 살점을 기억한다
여자만, 어느 허름한 횟집에서
남겨진 전어의 뼈대로
빗살무늬 토기를 빚어보기도 한다

아름다운 소음

버스 안이 갑자기 달아오른다
장터 아랫목 지날 때 보따리 들고 오른 한 사내가
마구잡이로 일으키는 소란이다
그새 잔술로 울대를 헹구었는지
바리바리 소리 지르는 취기 오른 벙어리 사내
서툰 손짓 발짓으로 얽힌 실타래를 풀어보려는 행동으로
양은냄비같이 버스는 달아오른다
커브를 돌며 요철을 건너며 울렁거린다
산사에 오르는 사람들이라면
벙어리 냉가슴 앓는 사연 하나쯤은 있을 법한데
꽁꽁 얼어붙은 우리들을 대신하여
낮술에 빠진 사내는 오그라든 심장을 밖으로 꺼내며
고장 난 울대를 꽥꽥거린다
산사에 오르는 내내 실종된 언어는
잘려 나간 나무의 그림자로 흔들거리고
함박눈 속에서 버스는
헛도는 바퀴를 더욱 거세게 굴리며 사라진다

문득 그리워지는

어둠을 앞세워 가로등 하나 둘 켜지고 있다 북적이던 발걸
음은 썰물처럼 빠져나가 들어오는 이 없고, 허름한 좌판에 멍
한 눈 내리깔고 누워 있는 등 푸른 생선들은 온종일 허리통증
을 앓고 있다 점포들 하나 둘 문을 닫는 사이로 휑한 바람이 안
부가 그리운 듯 고개를 내밀고 있다 설빔을 사 입었던 곳도, 학
력평가 대박을 기원하며 입 안 가득 채워 넣었던 엿가락도 가
슴 부대끼던 사람들의 온기도 사라지고 없다 찬바람이 부는
날이면 내 유년의 발자국은 서시장* 어디쯤 바람처럼 달린다

---

*서시장: 여수 소재 재래시장.

적화(赤化)

적화(赤化)*를 찾아 나섰지요
먼 바다에서 불어오는 봄의 향기를 옷섶에 담고
해풍에 잘 말려진 청미래 가시에
온몸 여기저기를 찔려가며
비탈진 산허리 돌아
고흥군 영남면
한적한 바닷가 동백나무 숲으로 갔었지요

어둡고 축축하던 숲속에는
너울거리는 파도의 흔적 같은
오래된 돌무덤들이 푸른 이끼에 뒤덮여 있었지요
사라호 태풍에 떠밀려온
이름 없는 선원들의 공동묘지라기에
소름이 돋기도 했었지요

멀리서 울리는 뱃고동 소리 같기도 하고
항해사들의 거친 숨소리 같은
바람의 꼬리를 따라

너울거리는 무덤의 바다 곁을 해종일 헤집어 보았지만
끝내 적화는 찾을 수 없었지요

적화(赤化)는 한을 품은 꽃
적화(赤化)는 해를 품은 꽃

못다 핀 항해사들의 꿈을 대신하여
먼 바다를 향하여 붉게 피어오르는 꽃이
내 눈에 띌 리 만무했지요
적화는커녕 동백꽃도 못 보고
그냥 돌아왔지요

─────────

＊춘란(春蘭) 중에 아주 드물게 붉은 꽃을 피우는 희귀종.

풍경 1

길을 나섰다
바닷가 마을 입구에 들어서자
구절초가 먼저 반긴다
햇살이 통통 튀고 있다
그 너머로
타닥타닥 두들기는 소리에 끌려
발길을 돌리자
짙은 들깨 향이 날려 온다
할머니 한 분이
깻단을 풀어헤치며
한살이 삶의 무게를 털어내고 있다
털어낼수록
쏟아져 내리는 짙은 향

내 삶의 무게는
언제쯤 향기로 털어낼 수 있을까

풍경 2

화려하지도
크지도 않아서
관심 밖이라 생각했던 가을꽃들이
햇살 다문다문 떨어지는
이파리 뒤에서
가슴이 찡하도록 피어나고 있다

무심히
들길을 가다가
함부로 차버린 꽃들이 얼마나 많았던가

자꾸 뒤돌아본다

목백일홍의 충고

시 창작 재미에 빠져
평생교육원 수업을 갔다가 나오는 길에
어둠 속에서 누군가 옷소매를 잡아끈다
한참이나 둘러보아도 기척이 없다
비틀리고 뻗고 굽은 가지들 사이에
주름진 혹까지 달고 서 있는
목백일홍 한 그루
꼰지발을 세우고 서서
강의실 안에서 그새 끄덕끄덕 졸던 나를
쳐다보았던 모양이다
혹처럼 불거진 등걸마다에는
눈부시게 쏟아지는 햇살을 담고
흐리고 바람 부는 날에도
천둥번개를 쓸어 담아
한번 피우면 백일을 견딘다는
꽃의 진액을 채웠으리라
그렇게 수만 송이를 한꺼번에 피우다 보면
지쳐서 주저앉고 싶을 만도 한데

아직도 꽃등을 켜고 서 있는

목백일홍 한 그루

지나가는 내 발목을 붙들고 말을 건넨다

손가락에 옹이 꽃을 피워

백년은 가시질 않을

그런 시 한번 써보라 한다

피워보라 한다

해국(海菊)

등대 아래
누구의 초분(草墳)일까
소나무 가지가 앙상하게 썩어문드러지고
해풍에 삭힌 마지막 살 한 점
까마귀 눈초리가 무섭다
초분 위에 떨어졌던 수많은 별이
씨앗이 되었나 보다
바람도 사나워 상처투성인 벼랑 끝
등대보다 환한
그녀의 꽃,
해국(海菊)이 피었다

고래는 어디로 갔나

소경도(小鏡島)*에 간다
육자배기 가락에 젖어
허름한 주막집 구석에서 뒹굴거나
널브러진 고기 상자의 고임목으로나 쓰일
녹슨 작살이라도 꺼내 들어
포경선에 오르기 전
포구의 선술집에서
허기진 뱃속에 붕장어 한 접시로 기름칠도 하고
막걸리 한 사발쯤 마셔두자
푸른 멸치 떼도 숨을 죽이는
소낙비 내리는 날,
고래 한 마리 누워 있다

스무 살에 잡았던 내 싱싱한 고래는
어디로 갔나

쭈글쭈글하다

———————

*여수 월호동에 있는 섬, 작은 고래를 닮아 소경도라 부른다.

스와핑

비좁은 유리벽 안
손을 내밀지 않아도 입술 포개지 않아도
매끄러운 몸들 부딪치는 아주 좁은 방
흰 콧수염 사내는
성기(性器)를 하늘로 쳐들고 거친 호흡하고 있다
손님 몇 명 들이닥치자
주인 여자 물이 좋다며 흥정한다

저기 콧수염 사내 말고
매끈거리고 물 좋은 것으로요

누구든 그 여자 손에 끌려 나가면 돌아오지 못한다
옷 다 벗겨진 채
무지갯빛 감도는 하얀 속살의 달콤한 키스
욕구 채우고 문을 나서자
다정하게 내미는 명함 한 장
개도(蓋島) 갯마을 횟집, 자연산 전문

쑥 향 같기도 하고
삐비풀 봄 비린내 풍기던 그 맛

돌아와, 나는 스와핑을 꿈꾼다

리기다소나무에 대한 반론

"리기다소나무를 보면 왜 음란한 느낌이 드는 걸까"*라고
했던 시인의 말을 바꾸어야 할 것 같다

무균의 병실에서
붕대를 휘감은 적도 없는
홀랑 타버린 몸통에서
뾰족뾰족 돋아나는 이파리
장엄(莊嚴)하고 숭고하다
거뭇거뭇 둔부의 털 같기도 하여
음란한 생각에 동감했던
어설픈 상상을 날려버린
화상 입은
리기다소나무의 회생으로
걸음마다 환해지는 산행이다

---

*장옥관 시인의 시, 「리기다소나무」 차용.

손에 잡히지 않는

소한(小寒) 무렵
바람에 몸을 누이는 갈대 사이로
굴뚝새도 빠르게 몸을 숨긴다

어머니 젖꼭지마냥 쪼그라든 까마중 열매가
찬바람에 떨고 있다

인기척에 놀란 청둥오리 한 마리 솟구쳐 오르자
새떼들 줄줄이 날아오른다

물방울 털어낸 붉은 청둥오리 발가락처럼
콧등 붉어진 기척으로

새떼를 눈으로 삼킨다
온몸에 소금꽃이 핀다

산다화

올겨울 구내식당 옆 화단에 핀 산다화는 유난히 동백꽃보다 붉었습니다. 그 꽃을 보면서 어릴 적 산 너머 살던 정희 같다고 생각했습니다. 겨울날 아침 중학교 교실에는 산다화 꽃한 송이 피어 있었습니다. 매일 아침 넘어오는 고갯길은 꽃 한송이 손 위에 피워 올리듯 힘든 등굣길이라 생각하였습니다. 꽃잎 하나 열리듯 예쁘게 붉어지는 정희 얼굴을 볼 때면 나는파르르 입술부터 떨리고 온몸이 화끈거렸습니다. 그것을 감추기 위해 나는 한동안 교실 밖 배롱나무 잔가지에 눈을 두어야하였습니다. 잔가지에 눈이 소복이 내리는 날 산다화 꽃은 눈송이에 짓눌려 떨어져 내렸습니다. 세 번의 겨울이 지나는 동안 편지 한 장 전하지 못한 용기 없는 나의 짝사랑이었습니다. 그러던 어느 해 겨울 정희는 무릎까지 푹푹 빠지는 눈길을 헤치고 부산으로 갔다고 했습니다. 정희네 집 앞 담벼락에 붙어있던 신발공장 취업 전단지가 찢겨져 있었다고 했습니다. 그후로 나는 영영 정희 소식을 듣지 못했습니다. 다시 수북하게쌓인 눈 위에 떨어진 붉은 꽃잎을 봅니다. 밤새 누군가 다녀간 발자국같이 선명합니다. 혹여, 분홍 꽃고무신을 신고 왔다갔을까. 잘 있다는 친구의 안부 같기도 하여 안심이 되는 아침

입니다. 올겨울에도 내년 겨울에도 이제는 안부를 묻지 않아
도 될 것 같습니다. 산다화는 정희일지 모르기 때문입니다.

봄동

잘난 놈들은 서울로 갔다
조금만 잘나도 도회지로 떠나갔다
속이 꽉 차고
잘생기고 때깔 좋은 놈들만
쑥쑥 뽑아 차곡차곡 실려
가을이 가기 전에 떠나갔다
못생기고 아직 속을 채우지 못한 놈들만 남아
텅 빈 고향 들녘을 지켰다
그래 잘생기고 똑똑한 니들은 서울로 가고
못생긴 나라도 고향을 지켜야지
혼자 되새기는 독백
성성한 눈발과
발가락까지 얼어드는 찬바람에
독기 하나로 모진 겨울을 이겨냈다
못나고 속 채우지 못한 놈이
가장 눈부시고 아름다운
봄을 맞이했다

제4부

부석사에서 악몽을 씻다

사과꽃 향기가 코끝을 스친다. 종소리에 얹혀오는 공기의 미동. 무량수전 배흘림기둥에 손을 얹고 빙빙 돌아본다. 한기가 느껴지는 차가움. 처음에 그것은 어디선가 본 적이 있는 뱀의 몸통 같았다. 작년 여름 화순 동복의 산행길에 영수 형의 손등을 물었던 칠점사 한 마리. 온몸으로 독이 퍼지는 순간에도 기어코 대갈통을 두들겨 길가에 패대기를 쳤던 뱀은, 얼룩달룩한 제 몸통을 힘없이 길게 늘어뜨렸다. 다급하게 달려온 구급차에 올라타 병원으로 후송되었던 형은, 그 사이에 팔뚝이 퉁퉁 부풀어 올랐다. 한동안 뱀의 울음소리가 환청으로 들렸고, 그런 날이면 옷이 흥건하게 젖어 악몽에서 깨어나고는 했었다. 그새 몇 바퀴를 더 돌다 눈을 뜨니, 뱀은 이미 배흘림기둥이 되어 부처님 품 안에 들어 있었다. 한동안 멍하게 서서 부처님을 바라보자 입가에 미소를 띤 채 말이 없었다. 무량수전 배흘림기둥 곁으로는 어디선가 사과꽃 향기가 휘날려 주었다.

부석사에 와서 비로소 나는,
내 안의 뱀 같은 악몽 하나를 날려버렸다.

느릅나무 306병동

상산 언덕길에서 만났다
산비탈 위태롭게 나와 앉은 그녀
나도 그녀를 아프게 한 적 있다
주삿바늘 꽂은 자리 파랗게 피어나던 멍꽃
소맷자락 끌어 덮으며
괜찮다 하던 눈빛 위태로워 보였다
봄이 와도 새잎 나지 않는 나무
뿌리가 잘리고 껍질 벗겨져
하얗게 말라가고 있다
괜찮을 거야, 괜찮을 거야
곁을 지키고 있던 동백
붉은 눈물 뚝뚝 떨구는데
저만치 봄 속으로 걸어 들어가는
마른 몸의 그녀가 보였다

super moon

바다 건너
남해 금산에 떠오른
둥근 달을
보는 것만으로도 기분이 좋다
영험한 남해 금산의
기운을 더한
super moom 안아가는
여수 사람들
복도 많지 복도 많아
여보시오
누구 소원 한번 빌려거든
여수로 와
오동도 방파제에 앉아
남해 금산 둥근달을
떠안아 가이소

댕강꽃나무

꽃 이름을 불러보면

개의 불알 같다 하여 개불알꽃

양지쪽에 노랗게 핀다 하여 양지꽃

어린 순을 따먹고 미쳐버렸다 하여 미치광이풀

꽃잎이 벌어진 조개 같다 하여 조개나물

쥐 오줌 냄새가 난다 하여 쥐오줌풀

붉은 수액이 피처럼 나온다 하여 피나물

밤에만 핀다 하여 달맞이꽃

밤이면 잠든다 하여 수련

며느리가 미워 밑씻개로나 쓰라고 던져주었다는

미움의 상징인 며느리밑씻개꽃,

굶어 죽은 며느리 무덤 위에

밥풀을 잎에 문 듯한 꽃이 피었다는 며느리밥풀꽃

꽃 이름에 얽힌 사연을 알면

절로 미소가 지어진다

예울마루 산복도로에 심은 꽃이 댕강꽃나무란다

여름 내내 그곳을 오르내리며

아주 작고 고운 꽃 이름을 불러보았다

댕강 댕강 댕강꽃나무,

입 안에서 굴릴 적마다 위태로웠다

엿판의 엿들이

칼날 아래 댕강 댕강 떨어지던 기억을 떠올리기도 전에

태풍 볼라벤의 푸른 칼날이 목을 다 베고 갔다

이름으로 점을 치는 것이 아닌데

아프다

댕강꽃나무

해빙

두 귀를 곧추 세운
눈 덮인 마이산은 적막이다
귓속 가득 눈[雪] 차올라
아무것도 들리지 않았을 터
어느 날은 귀 뒤쪽에서 달이 뜨는 날도 있고
어느 날은 귀 앞쪽에서 태양이 떠올라
해종일 귓속을 지피지만
아프도록 눈은 녹지 않았다
바람도 떡갈나무 가지에 얼어 있었다
멀리 이어도(離漁島)에서
훈풍주의보가 타전되던 날
녹지 않은 눈 위에
복수초가 노란 눈망울을 터뜨렸다
두 귀가 펑 뚫렸다

선암사

산사의 아침이
이슬비에 다소곳이 젖는다

곱게 빗어진
쪽빛 하늘 위로
은행잎 하나 날려 보낸다

작고 노란 손으로
하얀 엽서에
풍경 소리
차곡차곡 부어
바람결에 부친다

고향수

고향수 앞에 서서

나무 끝자락을 쳐다본다

바람도 스치고 구름 한 점도 걸려 있다

언젠가 새잎 돋아난다는 이야기

허튼 소리 마라

뾰족하여 생각만 해도 아플 것 같다

고향수를 보고 있노라면

보조국사 지눌의 지팡이가 아닌

누군가의 답답하고 멍울진 가슴을 찔러줄 바늘 같다

상처 난 그대 가슴을 찔러

썩어 있는 고름을 짜내고 생살 돋아나게 할 날

기다리지 마라

허튼 소리 마라

이미 그 앞에 서 있는 순간

새잎 피어나지 않았던가

---

*고향수: 순천 송광사에 있는 보조국사 지눌의 지팡이 이름.

생각 많은 봄날

오랜 기다림은 무엇으로 필까

절 마당 보리수가
청아한 비구니의 목소리에 끌려
초록빛 한 방울을 빈 하늘에 쏘아 올려도
생각 많은 봄날은 더디게 가고
그런 봄날이 한 백 년쯤 지나갔으리라

피고 짐이 한순간이거늘
경계는 어디인가

혼자 서 있는 배롱나무 위로
형형색색 연등을 내걸고
누군가 다가와 기도문 하나 붙이고 간다

무소의 뿔처럼 혼자서 가라*

––––––––––

*불교경전 숫타(經), 니파타(모음)에 나오는 경구(警句).

다 함께 茶茶茶

― 다자연에서

거칠게 뒤척이던 강물이

직선으로 흐르지 못하고 휘감아 돌아 나가는

완사(浣紗)* 금성 들길 다자연에 갔었네

한때, 92가구의 농민이

보리도 심고 고구마도 심었던 문전옥답 농토였다는데

아닌 밤중에 홍두깨라!

대대로 땅의 백성이었던 이들에게

어느 날,

차나무 심어 영농조합을 만들어보자는 이가 있었으니

그가 바로 이가(李家)양반**이다

막걸리 한 사발로 달래도 보고

손금이 닳도록 빌어도 보고

금싸라기 같은 옥토로 대토도 해주며

두 사람도 설득하기 힘든 세상

무려 92명을 설득하여 녹차밭을 일구었단다

작은 체구에 조각칼로 낮달을 그리듯

흡사 하회탈을 닮은 미소가 새겨진 얼굴

시간의 비밀을 발설하고 있기도 한데

다기(茶器)에 찻물을 부어 내미는 차 한 잔

비단 물결 같은 녹차밭을 지나온 낮달마저

찻잔에 몸을 씻고

해맑은 미소로 번져가는

이가(李家)양반의 녹차 한 잔으로

나도 완사(浣紗)처럼 부드럽게 흘러가는 하루였네

----

*완사(浣紗): 경남 사천시 곤량면에 있는 지명으로 비단을 깨끗하게 씻어 말린다는
뜻이기도 함.
**이가(李家)양반: 녹차를 생산하는 다자연 영농조합 이창효 대표.

내소사에는 목어가 없다

　허공에 매달린 내소사 목어(木魚)를 본다 창자를 도려내고 가슴속을 깊게 파낸 자리에 허공이 한 줌 고여 있다 속 깊은 상처에서 나오는 맑은 소리 너머로 관음봉 산 그림자가 부서진다 나는 눈으로 그림자를 대웅전 앞마당까지 데려다 놓고, 신명이라도 올랐는지 직소폭포 물소리를 길어와 그 속에 전나무 푸른 잎들도 구겨 넣는다 구름도 몇 장 불러서 연못 하나를 만든다 쇠줄에 감긴 목어를 풀어 연못에 넣어주니 은빛 비늘 뒤편에서 꼬리가 요동을 친다 대웅전 앞 천 살도 넘은 것 같은 느티나무 할매가 만 개의 덧니를 내보이며 허허 웃는다 누군가 내 머리를 흔들어 깨운다 아지랑이 너머로 눈물이 오르는 깨끗한 봄날이다

누구에게는

폭설 내리던 날
지칠 줄 모르고 달리던 자동차들
오랜만에 달콤한 꿈을 꾸듯 하얀 눈 속에 누워 있다
시끄럽게 달려오던 견인차의 사이렌 소리나
완장을 차고 딱지를 부치겠다고 달려오는 사람도 없다
누구에게는 기분 좋은 날
누구에게는 눈 위에 침을 뱉는
개 같은 날이라고 한마디 쏟아냈을 거다
어두워지자 한적하던 거리가 소란스럽다
차량이 멈추어 서면서
꾸역꾸역 흐느적거리는 사람들
더러는 추억이라며 거리에 서성이고
더러는 개 같은 날이라며 종종걸음을 친다
열불이 난 집사람은 가슴이 멍들도록
늦게까지 휴대전화를 때리고 있었던 것을
까맣게 모른 채,
새벽까지 추억이라며
눈발이 술잔을 넘치도록 홀짝거렸다

타래난초

입술 열어
피치 못할 사정을 이야기하듯
파르르 떨리는 하얀 꽃의 마음은,

연분홍 옷고름 층층이 맨
풀지 못한 실타래처럼
수직의 돌계단 위에 줄줄이 이어진 꽃봉오리는,

삼천궁녀 몸 던져 핀
한 서린 꽃 같네

동백꽃 무렵

붉다

붉어

그 붉은 가슴 열어젖히는 가시네야

후박나무 뒤에서

갯바람의 거칠어진

숨소리도 외면한 채

환장하게 열어젖히는 가시네야

동박새 날아들어

너 붉은 가슴에

처박혀 죽어나면 어쩌라고

그렇게

확 열어젖혀야

가시네야

가시네야

어머니와 진달래

황사바람 부는 봄날
가자미눈으로 먼 산을 본다
뿌옇게 날리는 모래바람 속에서
누가 지피지 않아도 혼자서 타는 불꽃
온 산을 태운다
그렇게 진달래가 온 산을 태우면
광주리 가득 꽃을 따셨던 어머니
혀가 타도록 진달래 먹던 기억 넘어
꽃술 내음 풍긴다
윤사월
한낮의 햇살이 사그라질 때
마루에 걸터앉아
두견주 한 사발 들이키시던 할아버지
붉은 미소 지으시며
아가, 올해도 풍년 들것다

뱀춤

밀꽃 피는 날이면
낮술에 취한
암놈, 수놈
뱀, 뱀, 뱀, 뱀, 뱀, 뱀, 뱀,
뱀들이 꼬이고 꼬여
한 몸, 한 몸, 한 몸
비로소 발그레
영글 대로 영글어가는 밀밭

북어

아침, 북어 해장국이 식탁에 올라왔다. 북어가 해장국으로 나오는 날이면 나는 왠지 마음 한쪽이 슬펐다. 술꾼들의 속풀이를 위해 북어는 새벽부터 다듬잇돌에 올려져 자신의 영혼까지도 잘게 매를 맞지 않았던가. 누군가를 패고 두들겨야만 화가 풀리고 맛이 나는 세상, 문득 어느 권투선수 얼굴이 떠올랐다. 생애 최후의 결전에서 그는 결국 일어서지 못하고 싸늘한 시신이 되어 고국으로 돌아왔다. 그가 흘린 피와 땀과 눈물만 오래 회자되었다. 북어 해장국을 뜨는 내내 속을 풀어주는 이 시원함이 북어의 눈물 맛은 아닐까, 마음 한쪽이 자꾸 애잔해지는 것이었다.

완주(完走)의 붉은 낙관(落款)
— '화아분화(花芽分化)'와 '적화(赤化)' 사이

백인덕(시인)

1.

시집을 읽고, 생각을 거듭 고치면서도 내내 R. 라흐만의 "몸은 무덤과 요람 사이 활기차게 썩어가는 정거장"이라는 정의가 머릿속을 떠나지 않았다. 그렇다고 '몸과 정신'을 이원화해 몸의 부질없음과 정신의 순수성을 주장하는 고전적인 풍모(風貌)도 내겐 없다. 사실, '시(poetry)'를 비유로 정의할 수 없다는 단순한 믿음 때문이다. '인생은 한 편의 드라마'라는 정의는 그 보편성과 일반성 때문에 '드라마'의 정의로 환원하여 사용할 수 있다. 하지만 '인생은 한 편의 시'라는 정의는 성립하지 않는다. 왜냐하면, 시는 그 자체로 비유의 산물이기도 하거니와 이른바 보편성과 일반성을 획득할 수 없기 때문이다. 그저

어떤 구체적인 개인에게만, 특수한 경우로 '인생은 한 편의 시'가 되기도 한다.

이생용 시인은 '활기찬 몸'의 존재임을 스스럼없이 밝힌다. 여기서 '시인의 말'은 몇 가지를 시사한다. "마라토너로 살다가/어느 날 시가 내게로 왔다."고 술회한다. 다른 염려를 차치하고, "어느 날 시가 내게로 왔다."라는 고백은 유명한 P. 네루다의 「시」의 고백과 다른 점이 전혀 없다. 진솔한 눈뜸에 대해 의심할 이유도 없다. 하지만 이어지는 '시인의 말'의 다른 부분이 시사하는 점은 일종의 당혹과 함께 섣부른 이해나 판단을 유보하도록 종용한다. "죽음을 불사할 만큼/시에 전력을 다한다면//나는 시인의 길을/끝까지 완주할 수 있을 것이다." 물론 '전력'이나 '완주'와 같은 어휘가 바로 시인의 것이겠지만, 전체적인 내용에서 김수영 시인의 어떤 말, "누가 무엇이라 비웃든 나는 나의 길을 가야만 한다"와 비슷한 결기나 비장함이 보인다. 또한, 나의 의지로 완주할 수 있는 길이 '시인의 길'이라고 밝힌 점도 사뭇 예사롭지 않다.

시 창작 재미에 빠져
평생교육원 수업을 갔다가 나오는 길에
어둠 속에서 누군가 옷소매를 잡아끈다
한참이나 둘러보아도 기적이 없다
비틀리고 뻗고 굽은 가지들 사이에

주름진 혹까지 달고 서 있는

목백일홍 한 그루

꼰지발을 세우고 서서

강의실 안에서 그새 끄덕끄덕 졸던 나를

쳐다보았던 모양이다

혹처럼 불거진 등걸마다에는

눈부시게 쏟아지는 햇살을 담고

흐리고 바람 부는 날에도

천둥번개를 쓸어 담아

한번 피우면 백일을 견딘다는

꽃의 진액을 채웠으리라

그렇게 수만 송이를 한꺼번에 피우다 보면

지쳐서 주저앉고 싶을 만도 한데

아직도 꽃등을 켜고 서 있는

목백일홍 한 그루

지나가는 내 발목을 붙들고 말을 건넨다

손가락에 옹이 꽃을 피워

백년은 가시질 않을

그런 시 한번 써보라 한다

피워보라 한다

　　　　　　　　　　　　 —「목백일홍의 충고」 전문

아마 오래전 기억을 되살려 그때의 충격과 각오를 되살리기 위해 쓴 작품처럼 보인다. 시인이 "시 창작 재미에 빠져" 있을 때의 일인데, 어느 날은 잠깐잠깐 졸았나 보다. 그 꺼림칙함이 남은 발걸음에 '기적'도 없이 누군가 '옷소매'를 잡아끈다. 목백일홍은 시인이 그 학교를 드나들기 훨씬 이전부터 그 자리에서 수많은 이들의 '시 창작 수업' 모습을 지켜보았을 것이다. 그런 존재와의 해후('발견'이라 해도 무방하겠다)는 먼저 목백일홍의 표상 이면을 들여다보는 행위, 즉 "수만 송이를 한꺼번에 피우다 보면/지쳐서 주저앉고 싶을 만도 한데"라고 짐작처럼 읽어보는 것이고, 뒤이어 그 현상인 "아직도 꽃등을 켜고 서 있는" 모습을 통해, 아니 그 두 측면을 다 생각하는 시인의 적절한 시각을 통해 '대화'가 형성된다. '목백일홍의 충고'는 간단명료하다. "손가락에 옹이 꽃을 피워/백년은 가시질 않을/그런 시 한번 써보라"는 것이다. 좀 비약하자면, 이번 시집은 '목백일홍의 충고'에 대한 시인의 응답이다. '전력'과 '완주' 즉, 인용 작품에서 '손가락에 옹이 꽃'으로 표현된 어떤 방법적 선택의 결실이라 해도 과언이 아닐 것이다.

막걸리 한 사발이면 환하게 웃음 짓는

정귀훈 여사는

여자만(汝自灣) 달천 마을에 시집와 징글맞은 말년꺼정

살고 있는데요

갯가에 산다는 것이

남자는 세월 타박이나 하는 정승이요,

여자는 황토에 묻히기 전까지는 뻘밭에 뒹구는 것이라나

허리가 휘고 관절에서 쇠구슬이 굴러가는 소리가 나도

록

뻘배를 밀었던 거지요

갯가에 집채만 한 화톳불을 피웠다는 것이나

지독하게 무덥던 여름날은 뻘밭마저 쩍쩍 갈라질 정도

였다는 것이

말하자면 그녀 가슴의 풍경이었겠지요

아 글씨, 어느 날

신풍 애양병원에 누웠는데요

인공관절로 시술하면 뻘배는 영 이별이라 하시면서

삶아낸 참꼬막 같은 뜨거운 눈물을 보이더라구요

영을 트는 날이면

절룩거리는 다리를 끌고 갯가를 서성이는 속마음을 누

가 알리오마는

막걸리에 곁들여 꼬막 안주를 시키다 보면

꼬막이 제 몸을 익혀서

헤헤, 벌어져 있기도 하고

정 여사의 달빛 같은 하소연을 말하기도 하지요

　　　　　—「정귀훈 여사의 꼬막에 대해 말하자면」 전문

이번 시집의 표제작인 이 작품은 그간 '여수'나 '여자만(汝自灣)'을 제재로 한 작품 중에서 가장 구체적이고 함축적인 면모를 갖춘 작품 중 하나라 할 수 있다. 그뿐만 아니라, 큰 갈래에서 시집의 주제를 모두 포괄하면서 시인 특유의 표현 방식으로 그것들이 외따로 분리된 것이 아니라 서로에게 영향을 끼치는 관계임을 단적으로 명시적으로 드러내고 있다.

작품의 전반부에서 '정귀훈 여사'는 장소나 존재 같은 담론의 틀과는 무관하게 단지 '거주자'로서 마치 '숙명' 같은 삶을 보여준다. "여자만(汝自灣) 달천 마을에 시집와 징글맞은 말년꺼정 살고 있는데" 그냥 산다고 생각이 없는 게 아니다. 여사는 자신에게 씌워진 굴레의 정체를 정확히 알고 있다. "남자는 세월 타박이나 하는 정승이요,/여자는 황토에 묻히기 전까지는 뻘밭에 뒹구는 것이"라는 허구 말이다. 그러나 문제는 '뻘배'가 한 몸처럼 된 이후의 삶인데, '인공관절'을 넣어 더는 뻘배를 밀 수 없지만 "영을 트는 날이면/절룩거리는 다리를 끌고 갯가를 서성이는 속마음"을 주체하지 못한다. 시인은 저절로 익어 헤헤 벌어지는 꼬막의 입을 통해 정귀훈 여사의 "달빛 같은 하소연"을 듣는다.

정귀훈 여사, 아니 여사의 '꼬막' 같은 이야기를 듣노라면 '숙명'과 '해원(解冤)'과 그 너머의 지향에 대해 이생용 시인이 간절하게 말하고 있음을 알게 된다. 약간의 해학과 어설픔을 가장하는 치기(稚氣), 혹은 큰말이나 요란한 의미를 비껴가려는

시적 전략에 의해 시인이 자기 '손가락에 옹이 꽃'에 집중하고
있음을 다시 보게 된다.

2.

  인류라는 이름의 우리는 각 개인이 원하든 원치 않든 몸에
진화 흔적을 지녔고, 심지어 정신에서마저 원형 상징을 공유
한다. 하물며 이 땅에 동시대에 겹쳐 존재한다는 것은 수많은
공집합으로 우리의 기억과 시간이 점철되어 있음을 말한다.
  이생용 시인은 존재 '거소(居所)'의 특징으로서 '여수'와 줄기
차게 빗금 치는 역사, 아니 역사 자체의 의미가 아니라 그 시
대를 산 사람의 운명에 새겨진 빗금의 골에 켜켜이 쌓인 한과
연민의 시선을 그의 시작의 밑바탕에 깔고 있다.

> 사월이면
>
> 화양(華陽)반도는 붉은 악마의 물결처럼
>
> 참꽃이 핀다
>
> 용주리 지나 백야도 가다 보면
>
> 청보리밭 여기저기
>
> 소쩍새 피 토하듯 피는 참꽃들이
>
> 풍장의 돌무덤을 덮고 있다
>
> 저 들녘 산자락에 무수히 쓰러진 원혼들

나진리 할아버지가

이목리 할머니가

장수리 어느 여인네가

남몰래 돌 자갈로 감춘 그해 겨울

묻었던 얼굴,

묻었던 말들이

사월 화양(華陽)반도에

그날의 함성 되어 피어나고 있다

　　　　　　　　　　　　—「화양(華陽)」 전문

　시인은 '상처'를 물려받지는 않았어도 그 해석에 동참할 수
밖에 없다. "썩을 놈들, 오살할 놈들, 호랭이나 물어갈 놈들을
호명하던 여름이 끝나면 팽팽함이 사라진 부채에는 날벌레들
의 잔해가 남았다. 여순사건 소용돌이에 빠져 죽은 큰아버지
의 발굴되지 않은 갈비뼈 형상, 할머니는 오래도록 부채를 버
리지 않으셨"(「상처」)던 기억은 시인이 '화양반도'를 생각하는
기본 형식이 된다. 그러나 시인은 어쩌면 그런 '사실'들 이전
에 어떤 경험적 실체로 '연민'을 이미 경험하고 생각하고 있었
는지도 모른다. "핏빛보다 더 선하게 참꽃이 피어 있는 돌무덤
이나 파릇하니 물들이는 비탈진 언덕 밭이랑이 민지의 놀이
터"(「연민」)를 시인은 오래 눈여겨보았기 때문이다.

화양반도 일주 마라톤 레이스를 하다가

깨어진 아스팔트 틈새로 내민

키 작은 구절초 꽃을 보면서

낙타를 타고 사하라에 가서 구절초를 볼까나 하시던 형은,

구절초를 유난히 좋아하던 형은,

그해 가을날,

사하라 마라톤에 가보지도 못하고

체력단련 중 뇌출혈로

구절초 꽃잎 흩날리며 핏기 없는 얼굴로 떠나셨다

나 혼자 사하라로 가는 게 싫어

낙타 대신 배낭을 메고 이 섬, 저 섬을 헤매는데

봄 햇살 팅겨내는 은빛 바다 위에

슬픔의 무게로 발자국 선명한 꽃섬

붉게 멍든 가슴을 송두리째 내던진 동백은 말이 없고

누구의 슬픔을 앓다 갔는지 앞다퉈 피다 진 꽃들은

마른 꽃잎만 바람에 날리고 있다

슬픔은 오래 흔들릴 뿐 바람 따라 가지 않고

꽃잎 문양 낙관처럼 선명하다

저 슬픔의 낙관을 조각내어

순넘밭넘 구절초 꽃밭에 묻고

선명하게 찍힌 발자국 하나씩 지우며 돌아갈 수 있다면

슬픔을 꽃으로 피우는 섬에서

나는 낙타를 타고 사하라로 갈 수 있겠다

　　　　　　　　　　　　　　　　―「슬픔의 낙관」 전문

　시인은 시인의 목소리로 "묻었던 얼굴,/묻었던 말들이/사월 화양(華陽)반도에/그날의 함성 되어 피어나고 있다"(「화양(華陽)」)고 다시 외친다. 그러나 위의 인용 작품에선 "화양반도 일주 마라톤 레이스를 하다가" 문득 피어난 정감을 비감한 정서로 전환해 "저 슬픔의 낙관을 조각내어/순넘밭넘 구절초 꽃밭에 묻고/선명하게 찍힌 발자국 하나씩 지우며 돌아갈 수 있다면/슬픔을 꽃으로 피우는 섬에서/나는 낙타를 타고 사하라로 갈 수 있겠다"고 전망한다. 어느 쪽이 더 시적인 울림을 형성하는지는 독자들이 판단할 몫이겠지만, '화양반도'를 숙명의 이미지처럼 이해하고 멈추는 것과 반드시 지나가야 할 구간들처럼 인식하는 것의 차이가 아닐까 싶다. 슬픔은 직접적이면서 비항구적일 때 더 큰 의미를 함축한다. 죽는다는 엄연한 사실이 왜 슬픈가. 이런 정의는 말 그대로 방향을 위한 정의일 뿐이다.

오랜 기다림은 무엇으로 필까

절 마당 보리수가
청아한 비구니의 목소리에 끌려
초록빛 한 방울을 빈 하늘에 쏘아 올려도
생각 많은 봄날은 더디게 가고
그런 봄날이 한 백 년쯤 지나갔으리라

피고 짐이 한순간이거늘
경계는 어디인가

혼자 서 있는 배롱나무 위로
형형색색 연등을 내걸고
누군가 다가와 기도문 하나 붙이고 간다

무소의 뿔처럼 혼자서 가라
                    ─「생각 많은 봄날」 전문

　시는 당연한 것에 대해 거듭 질문하는 데서 나아가 자기만
의 방법으로 질문하고, 또 이해나 오해라는 방향에 대한 염려
없이 나름의 '길'을 구해보는 것이다. 시인은 '생각이 많은 것'
도 '눈이 많은 곳에 가닿는 것'도 '몸이 사방으로 움직이는 것'

도, 나아가 "피고 짊이 한순간이거늘/경계는 어디인가"라는 자문(自問)에도 닿았다. 물론 그 답은 "무소의 뿔처럼 혼자서 가라"라는 오랜 경전(經典)의 말씀이다. '전력'을 다해 '완주'하 겠다는 '시인의 말'을 다시 듣는 듯하다. 시인의 발견의 깊은 눈과 옹골찬 의지가 새삼 믿음직하다.

3.

이생용 시인은 첫 시집에서 시작의 지향과 방법을 밝힌 드 문 경우에 속한다. 또한, 그 '말'이 단지 들뜬 상태의 허언이 아니라 실제가 뒷받침하는 자존(自尊)의 발언이었음도 시집에 서 드러난다. 시인은 아마 두 가지 방법을 다 겨냥하나 보다. 하나는 '화아분화(花芽分化)'로 "인위적으로 난꽃을 피우기 위 해 강한 햇볕에 2주 정도 물을 주지 않으면 위기를 느낀 난 이 스스로 꽃대를 올리는" 것이고, 다른 하나는 '적화(赤化)'로 "춘란(春蘭) 중에 아주 드물게 붉은 꽃을 피우는 희귀종"인 것 이다.

　　일부러 물을 주지 않았다.
　　지독하게 무더운 지난여름, 십여 일 아파트 베란다에 매 　　달아 두고서 최악의 환경으로 몰고 갔다. 몇 년 전 일주일 　　간의 단식 뒤에 현기증으로 쓰러졌을 때 급하게 찾아 마셨

던 물 한 대접은 말 그대로 생명수가 아니었던가. 이글거
리는 여름 햇살 아래 잎은 타고 뿌리까지 말라가는 절망,
죽음 앞에서 춘란(春蘭)은 꽃대를 올리는 화아분화(花芽
分化)를 시작했다. 보란 듯이 노란 꽃을 피워주었다.

    평생을 잎으로만 살았다던, 한 번도 꽃으로 피어보지 못
했다는 한 소설가를 추억한다. 신춘문예도 당선이 아니라
가작으로, 대학도 졸업이 아니라 중퇴를, 교수가 아닌 객
원교수를, 박사가 아닌 명예박사로 그렇게 잎으로만 살았
다는 그는, 자신의 소설로 끝내 꽃을 피웠다. 노란 꽃을 피
웠다. 책갈피를 넘길 때마다 지지 않는 그윽한 향기를 피
워주는 난꽃으로 피어 있었다.
    ─「화아분화(花芽分化)─소설가 이윤기 선생을 생각
                                            하며」 전문

    위 작품에는 부제가 달려 있다. 소설가 이윤기에 대한 시인
의 기억이 그 내용이다. 결핍이 극에 달하면 생존의 다른 방법
을 찾아낸다는 것이리라. 결론은 "보란 듯이 노란 꽃을 피워
주었다"라는 사실에 시인이 고무되었다는 점이다. 시에서 작
위가 아닌 부분이 없지만, 과정과 결과를 꿰뚫는 작위는 없다.
시간이라는 변수가 없다면 시는 난(蘭)을 키우는 것과 다름없
을 것이다. 기우일지 모르지만 '작심', 아니 단지 열심히 달려

가는 것은 아무 의미도 발생하지 않을지 모른다.

　　적화(赤化)를 찾아 나섰지요
　　먼 바다에서 불어오는 봄의 향기를 옷섶에 담고
　　해풍에 잘 말려진 청미래 가시에
　　온몸 여기저기를 찔려가며
　　비탈진 산허리 돌아
　　고흥군 영남면
　　한적한 바닷가 동백나무 숲으로 갔었지요

　　어둡고 축축하던 숲속에는
　　너울거리는 파도의 흔적 같은
　　오래된 돌무덤들이 푸른 이끼에 뒤덮여 있었지요
　　사라호 태풍에 떠밀려온
　　이름 없는 선원들의 공동묘지라기에
　　소름이 돋기도 했었지요

　　멀리서 울리는 뱃고동 소리 같기도 하고
　　항해사들의 거친 숨소리 같은
　　바람의 꼬리를 따라
　　너울거리는 무덤의 바다 곁을 해종일 헤집어 보았지만
　　끝내 적화는 찾을 수 없었지요

적화(赤化)는 한을 품은 꽃

적화(赤化)는 해를 품은 꽃

못다 핀 항해사들의 꿈을 대신하여

먼 바다를 향하여 붉게 피어오르는 꽃이

내 눈에 띌 리 만무했지요

적화는커녕 동백꽃도 못 보고

그냥 돌아왔지요

—「적화(赤化)」 전문

인용 작품에서 시인은 노력하면 만난다는 자기 믿음의 방법을 드러낸다. 반드시 그렇게 되길 바란다. 시인은 '적화'가 우연히 그렇게 된 것임을 알면서도 그것을 찾아가는 자기의 진정성으로 인해 만날 수 있다는 일종의 확신을 갖는다. 이 또한 '전력'과 '완주'의 정신이다. 마라톤은 가시적인 목표, 도달해야 할 지점(the goal)이 분명해야 하지만, 시는 꼭 그럴 필요는 없다. 시인에게 루틴은 오히려 독이 될 수도 있다.

요즘 '루틴(routine)'이란 말을 자주 쓴다. 관습적인, 지나치게 타성적이란 뜻일 것이다. 그러나 '시'는 정해진 마라톤 코스처럼 추구한다고 해서 반드시 닿는 것이 아니다. 목표를 향해 열심히 달렸지만 끝내 닿지 못할 수도 있다. 하지만 그 과정만으로도 충분히 아름답고 가치 있는, 그런 시도 있다.

어제 제작하여 둔 철제 드럼통에 비가 앉았다. 순간이었다. 불꽃이 튀기도록 서로를 녹여 한 몸으로 용접한 뒤에 돋아난 살점, 빗물이 지나간 흔적을 공기의 색깔이라 생각했다. 은색의 바탕 위에 시간이 묻혀주고 간 색깔은 갈색이다. 드럼통도 허공중에 들숨 날숨을 쉬고 있었구나. 어머니가 닦던 놋그릇도, 누님이 닦던 은수저도 한통속이었구나. 아마 전생에 화공이었을까, 은색의 영혼에 제멋대로 풍경화를, 공기가 지나간 자리는 산화(酸化)되어 새것이 없다. 오래도록 변치 않을 은색의 영혼을 지키기 위해 부식방지법을 써야겠다. 수분을 닦아내고 기름때를 제거하고 구석구석 먼지를 털어낸 공기의 집을 허물어 도금을 하였다. 페인트로 덧칠을 하여 맑은 햇살 아래 내려놓았다.

오래도록 변치 않을 은색의 영혼

―「부식(腐蝕)」 전문

이제 우리는 이생용 시인이 달려가고자 하는 '시인의 길'이 외롭지 않게, 곁에서 격려하고 지켜봐줘야 할 것이다. 그것이 독자들의 진정한 역할이 될 것이다.

시인동네 시인선 146

정귀훈 여사의 꼬막에 대해 말하자면

ⓒ 이생용

초판 1쇄 인쇄   2021년 2월 15일
초판 1쇄 발행   2021년 2월 22일
지은이   이생용
펴낸이   김석봉
디자인   헤이존
펴낸곳   문학의전당
출판등록   제448-251002012000043호
주소   충북 단양군 적성면 도곡파랑로 178
전화   043-421-1977
전자우편   sbpoem@naver.com

ISBN   979-11-5896-504-4 03810